Oscar junior

Della stessa autrice

A cavallo della scopa
Ascolta il mio cuore
Boccaccio – Dame, mercanti e cavalieri
Clorofilla dal cielo blu
Diana, Cupìdo e il Commendatore
Giulia Bau e i gatti gelosi
Il nonno selvaggio
Incantesimi e starnuti
L'Amazzone di Alessandro Magno
La bambinaia francese
La bambola dell'alchimista
La casa sull'albero
La Voce Segreta
Magie di Lavinia & C.
Manuale del giovane scrittore creativo
Parlare a vanvera
Polissena del Porcello
Principessa Laurentina
Re Mida ha le orecchie d'asino
Sette Robinson su un'isola matta
Speciale Violante
Sulle tracce del tesoro scomparso
Tornatrás
Una scuola per Lavinia
Violante & Laurentina

BIANCA PITZORNO

QUANDO ERAVAMO PICCOLE

Illustrazioni di Emanuela Bussolati

OSCAR MONDADORI

www.ragazzi.mondadori.it

Prima edizione nella collana "Contemporanea" settembre 2002
Prima edizione nella collana "Junior +11" aprile 2006
Prima edizione nella collana "Oscar junior" marzo 2011
Stampato presso Mondadori Printing S.p.A.
Stabilimento N.S.M., Cles (TN)
Printed in Italy
ISBN 978-88-04-60443-3

Dedico questo libro a Francesco
e a Loris Romagnoli e ai miei piccoli amici
dei Caraibi, che lo hanno letto in spagnolo un anno
prima che venisse pubblicato in italiano.
I racconti che lo compongono infatti
sono stati tradotti e pubblicati col titolo
Cuentos de la isla de las nuragas,
a cura dell'Arci Solidarietà di Cesena
e della Regione Sarda, e presentati ai bambini
dell'Avana nel novembre 2001.
Qualche mese dopo i Cuentos
hanno raggiunto Santo Domingo.
Elisa e Prisca hanno avuto così l'onore
di inaugurare la collana "Un mar de sueños",
che intende diffondere i classici
della letteratura italiana nei paesi
del Centro America.

LA BAMBINA CHE NON SAPEVA IMPARARE

Tanto tanto tanto tempo fa, più o meno quattro anni prima del Diluvio Universale, in una famiglia che viveva in riva al mare nacque una bambina che venne chiamata Prrsskk. La famiglia naturalmente era preistorica, e quindi anche molto primitiva. Per questo non conosceva le vocali e dava ai figli nomi che somigliavano ai versi che fanno i gatti quando vogliono attirare la tua attenzione.

Oltre a Prrsskk, i genitori avevano almeno altri dieci o dodici figli, e come potete immaginare non avevano il tempo di stare dietro a ciascuno per insegnargli a non inghiottire le ossa di mammut senza masticarle per bene, a soffiarsi il naso e a non giocare a palla con i porcospini. Ancora non erano state inventate le scarpe, e prendere a calci un porcospino con i piedi nudi poteva risultare molto sgradevole.

«Imparerà guardando come fanno i fratelli maggiori» diceva la madre a ogni nuova nascita (lo diceva nel suo linguaggio primitivo, senza usare le vocali), e gettava il nuovo arrivato nella mischia non appena era in grado di camminare a quattro zampe. Prrsskk però aveva già due anni e ancora se ne stava seduta a ciucciarsi il dito al centro della capanna (o forse era addirittura una caverna). Era grassa, pigra e tontolona e non aveva nessuna voglia di imitare quegli scalmanati dei fratelli che strillavano, correvano, entravano e uscivano dalla capanna (o forse dalla caverna) e si arrampicavano sugli alberi per cogliere la frutta o rubare le uova dai nidi.

C'era una sorella, di nome Rrsslbb, che si divertiva a graffiare le rocce con dei gusci rotti di conchiglia. (Se quella dove vivevano era una caverna, ne usava le pareti come una lavagna. Se era una capanna, graffiava i suoi scarabocchi sulle rocce della spiaggia.) Faceva degli sgorbi talmente somiglianti ai mammut che una volta il padre ci aveva sferrato sopra un colpo di clava così potente da mandare la roccia in frantumi.

Un fratello di nome Gbrrlll passava il tempo a

costruire trappole per tartarughe che poi – orrore! – arrostiva per la cena della famiglia.

Prrsskk invece preferiva prendere ancora il latte dalla mamma, e quando questa dovette lasciarla a secco perché era nato un nuovo fratellino, passò tre giorni a piagnucolare, prima di decidersi a fare i primi passi per raggiungere l'angolo della capanna (o forse era addirittura una caverna), dove suo padre ammassava per i figli che non erano ancora in grado di dedicarsi alla caccia e alla raccolta i resti di molluschi trovati sulla spiaggia e le ossa di mammut non completamente spolpate.

Nonostante lo avesse visto fare mille volte dai fratelli maggiori, Prrsskk inghiottì la prima patella senza staccarla dal guscio, e si sarebbe strozzata se la madre non l'avesse sollevata per un piede scuotendola violentemente fino a fargliela sputare. «Si è mai vista una bambina più tontolona?» esclamò la madre esasperata.

«La prossima volta non lo farà più. Sbagliando si impara» disse il padre indulgente.

Ma la prossima volta Prrsskk inghiottì un osso di cervide senza masticarlo, e fu il padre a doverle cacciare un dito in fondo alla gola per evitare che soffocasse.

Crescendo la bambina continuò a fare le cose più stupide e pericolose e a mettersi continuamente nei guai. Non c'era verso che imparasse qualcosa che potesse servirle in caso di necessità.

Un giorno, quando Prrsskk aveva quattro anni, i genitori guidarono tutta la figliolanza verso un campo piuttosto distante dalla capanna (o forse era addirittura una caverna) dove il padre aveva scoperto una quantità di squisiti cocomeri da raccogliere e conservare per l'inverno. Prrsskk, al solito, seguiva gli altri col naso all'aria senza fare attenzione alla strada, quando improvvisamente si mise a piovere.

Non era una pioggia come le altre. Era cominciato il Diluvio Universale. Il padre se ne rese subito conto e gridò ai figli: «Presto! Correte verso la spiaggia. Ho sentito dire che il vecchio Noè ha preparato una casa galleggiante per mettere in salvo tutti gli animali. Forse prenderà a bordo anche noi.»

Nel fuggi fuggi generale, la povera Prrsskk perse di vista il resto della famiglia. Inciampava nelle buche che non si era preoccupata di osservare all'andata, si graffiava con i rovi che anche i suoi fratellini minori avevano imparato a evitare. Quando finalmente arrivò al mare, vide che l'acqua era già salita fino a sommergere la loro capanna (o forse era addirittura una caverna), e che l'Arca di Noè si era staccata dalla riva e galleggiava al largo, con tutta la sua famiglia a bordo che si sporgeva dai fi-

nestrini e si sbracciava chiamandola: «Prrsskk! Prrsskk! Sbrigati! Sei ancora in tempo. Tuffati in acqua e nuota. Ti getteremo una corda.»

Ma Prrsskk, unica fra tutti i fratelli, non sapeva nuotare.

"E adesso cosa faccio?" pensò. Sedette a meditare su un sasso, ma subito dovette alzarsi perché l'acqua, crescendo, cominciava a bagnarle i piedi.

Ricordò che uno dei fratelli minori, quello che si chiamava Fllpp, la terza volta che era cascato in acqua da uno scoglio, invece di andare a fondo si era messo a pedalare e ad agitare le braccia e aveva strillato: «Guardate! Galleggio!»

«Non c'è bisogno di agitarti tanto» gli aveva detto una sorella maggiore di nome Nnss. «Se riempi i polmoni d'aria, ti faranno da salvagente, e se ti rilassi vedrai che il nostro corpo è più leggero dell'acqua.»

"Forse è anche più leggero dell'aria" pensò adesso Prrsskk, e respirò profondamente. Non aveva nessuna intenzione di imparare a nuotare solo perché la sua famiglia si aspettava che lo facesse. Era già zuppa di pioggia e non le piaceva l'idea di tuffarsi e di finire con la testa sott'acqua. Temeva che l'acqua salata le avrebbe bruciato gli occhi, le sarebbe entrata nel naso e nelle orecchie. Forse le avrebbe annacquato il cervello.

"E se imparassi a volare?" pensò.

Spiccò un salto. Ma ricadde subito a terra. Evidentemente non aveva fatto la mossa giusta. Come facevano gli uccelli a sollevarsi da terra? rifletté. Si guardò in giro. Di solito quel tratto di spiaggia era pieno di gabbiani, ma adesso non ce n'era nemmeno uno. Però si sentivano le loro strida. Prrsskk guardò in alto e li vide: stavano tutti volando in cerchio sull'Arca con le ali distese.

La bambina allora riempì di nuovo i polmoni d'aria e spalancò le braccia. Spiccò un salto. Niente.

Intanto dall'Arca sua madre la chiamava: «Cosa fai, tontolona? Ti sembra il momento di metterti a giocare alla gallina zoppa? Tuffati e nuota, svelta, che l'acqua sta salendo.»

"Mi mancano le piume" pensò Prrsskk, e guardò per terra.

Sulla striscia di sabbia che diventava sempre più stretta, c'erano delle penne cadute ai gabbiani. Attaccarsele alle braccia non era facile. Non aveva mica la cera come quell'imprudente di Icaro, lei. Le api a quei tempi esistevano già, e i fratelli di Prrsskk avevano imparato a succhiare il miele dai favi. Ma le candele non erano state ancora inventate, e nessuno sapeva che la cera, a patto che non facesse troppo caldo, poteva essere usata come colla. Così Prrsskk raccolse un bel mazzo di piume e se le infilò nella trama della corta tunica di lino, tutte sul dorso. (Non l'avevo ancora detto che quei bambini primitivi erano vestiti con tunichette di lino tessute dalla mamma su un telaio molto rudimentale? Prrsskk ne aveva una che era tutta strappi e macchie, perché non aveva imparato, come le sorelle, a tenerla in ordine e pulita.) "Chissà se funziona" si chiese. E spiccò un terzo salto.

«Povera bambina, è proprio una tontolona sen-

za rimedio. Morirà affogata» disse tristemente il padre, che la guardava affacciato a un finestrino dell'Arca e non capiva cosa stesse trafficando.

Ma in quella arrivò, tra le raffiche di pioggia, una forte raffica di vento. Si infilò sotto la tunica piumata di Prrsskk e sollevò la bambina per aria.

«Mamma, papà, guardatemi, so volare!» strillò Prrsskk tutta contenta.

Sbatteva le braccia aperte e prendeva quota. Sforbiciando con le gambe si dava la direzione. Si faceva strada tra gli scrosci di pioggia, si appoggiava al vento con la pancia e si lasciava portare. In pochi minuti raggiunse l'Arca e si appollaiò sulla cima del tetto.

«Oh, finalmente hai imparato qualcosa di utile» disse suo padre dal finestrino. «Adesso scendi giù che ti asciugo, altrimenti ti becchi un bel raffreddore.»

A proposito, forse qualcuno vi ha raccontato che, verso la fine del Diluvio, Noè mandò una colomba in esplorazione per vedere se da qualche parte la terra stesse già riemergendo dalle acque. Questa informazione non è esatta. In realtà non si trattava di una colomba, ma di Prrsskk, che ormai sapeva volare proprio come un uccello.

Perché volare è come nuotare e andare in bicicletta. Non c'è bisogno di farlo tutti i giorni per ricordartene. Una volta che lo hai imparato, non lo dimentichi più.

Un principe guerriero

Quando Prisca ed Elisa erano piccole e andavano ancora alla scuola materna, tutti i pomeriggi, a meno che piovesse, la nonna Mariuccia, nonna di Elisa, all'uscita le passava a prendere e le portava a giocare ai giardini pubblici.

La nonna sedeva a chiacchierare con le altre signore sulla panchina vicino al laghetto, e le due amiche davano da mangiare ai pesci rossi le briciole della merenda che si erano portate in tasca.

Un giorno Elisa vide su una foglia di ninfea vicino alla riva un ranocchietto verde, tutto lucido e pulito, che sembrava uno smeraldo. «Guarda, Prisca, che carino!» esclamò.

«Chissà, magari è un principe trasformato in ro-

spo da un incantesimo» disse Prisca. «Adesso provo a baciarlo.»

«Che schifo!» disse Elisa.

«Stt!» le ordinò l'amica. Si avvicinò pian piano alla foglia di ninfea, protese le labbra con la bocca semiaperta... Ma il ranocchio, spaventato, fece un salto nella direzione sbagliata e le finì in gola. Prisca, presa alla sprovvista, non poté fare a meno d'inghiottirlo. Elisa strillò inorridita. La nonna Mariuccia, che aveva visto tutto senza poter intervenire, si avvicinò e scosse Prisca per le spalle. «Che schifo!» disse anche lei. «Sputalo immediatamente.»

Ma non era più possibile. Il ranocchio era già sceso in fondo allo stomaco della bambina.

La nonna, preoccupatissima, portò le due bambine all'ambulatorio di suo figlio Leopoldo, zio di Elisa, di cui Prisca era segretamente innamorata, e che aveva deciso di sposare non appena fosse stata abbastanza vecchia, più o meno verso i quindici anni.

Lo zio Leopoldo era cardiologo, ma la famiglia si rivolgeva a lui per qualsiasi problema di salute.

«Leopoldo, aiuto! Prisca ha inghiottito un ranocchio» disse la nonna Mariuccia tutta affannata. Sentiva ancora più forte la responsabilità, perché Prisca non era sua nipote, ma figlia di amici che si fidavano ciecamente di lei.

«Veramente era un principe» la corresse la bambina.

«Fatemi il favore di mettervi d'accordo» disse lo zio Leopoldo ridacchiando «perché se è un principe, le punte della corona possono essere molto pericolose e bisogna operare subito.»

«Era un ranocchio! Era un ranocchio!» disse Elisa ch'era una fifona e non sopportava l'idea che portassero l'amica all'ospedale per aprirle la pancia.

«Era un principe trasformato in ranocchio da un incantesimo» la corresse Prisca testarda.

«Allora, finché dura l'incantesimo, non c'è nessun problema» disse lo zio Leopoldo.

«Ma può essere velenoso!» protestò la nonna Mariuccia, che aveva una pessima opinione di rane e rospi.

Il figlio si mise a ridere: «Proprio ieri sono stato al ristorante a mangiare un bel piatto di cosce di rane fritte. Se vuoi stare ancora più tranquilla, mamma, portala a casa e dalle un po' di bicarbonato per farla digerire meglio.»

Prisca il bicarbonato non lo voleva. Anzi, se avesse potuto, avrebbe ordinato al suo stomaco di non funzionare, per non fare del male al principe, ma purtroppo la digestione non è una cosa che si possa fare o non fare a comando.

Elisa le disse: «Che bello che hai mal di pancia! Così stanotte ti fermi a dormire qui da noi. Telefoniamo a tua madre per chiederle il permesso.»

«Non ho mal di pancia. Ho inghiottito un principe» insistette Prisca.

La nonna Mariuccia telefonò a casa Puntoni e,

scusandosi mille volte, raccontò alla signora la disavventura della bambina.

«Leopoldo vorrebbe tenerla sotto controllo per tutta la notte» mentì. Era lei che si sentiva più tranquilla se Prisca dormiva con un medico nella camera accanto.

La signora Puntoni disse: «Va bene. Ma non si preoccupi troppo per quella peste di mia figlia. Suo padre al ristorante insiste sempre per farle mangiare le rane fritte, ma lei è testarda e non ne vuole sapere. Secondo me ha mangiato una rana cruda per dimostrare la sua indipendenza. È una bambina così ostinata!»

Ma la nonna Mariuccia passò tutta la notte in grande agitazione. Ogni mezz'ora si avvicinava al letto delle bambine per toccare la fronte di Prisca. Poi le chiedeva sottovoce: «Tutto bene? Ti fa male la pancia?» Prisca grugniva nel sonno e, girandosi, dava un calcio a Elisa che, senza svegliarsi, glielo restituiva.

Quella notte Prisca sognò ch'era diventata lei stessa un principe grande, coraggioso e invincibile, e quando si svegliò, ancora le rimaneva in mente quella sensazione di forza e di sicurezza. Balzò giù dal letto come se smontasse da cavallo e si infilò nella stanza a fianco per sfidare a duello lo zio Casimiro, zio di Elisa, ch'era quello che le raccontava sempre storie di pirati. Combatterono per un po' con i cuscini, poi arrivò la nonna Mariuccia con un vaso da notte di porcellana. «Stamattina è meglio che la fai qui, invece che nel water» le disse. «Così possiamo controllare se va tutto bene.»

Lo zio Leopoldo non voleva guardare il contenuto del vaso. «Non c'è bisogno. La bambina sta benissimo. Si vede a occhio nudo.» Ma la madre insisteva tanto che alla fine ci gettò un'occhiata. «Tutto a posto. Mai visto una cacca più bella» decretò.

Elisa era molto delusa che l'amica non avesse deposto nel vaso da notte anche una coroncina d'oro, o almeno una pietra preziosa.

Fecero colazione tutti insieme, poi lo zio Baldassarre accompagnò le due bambine alla scuola materna. Lungo la strada Prisca si rifiutò di dare la mano allo zio come faceva di solito e raccolse da terra un ramo per farsene una spada.

Nell'atrio della scuola incontrarono la nemica personale di Prisca, Sveva Lopez del Rio. Sveva era la più alta e la più forte di tutte le compagne ed era una gran prepotente, anche perché i suoi genitori le davano sempre ragione, e se le maestre osavano punirla, l'indomani venivano a scuola a protestare. I Lopez del Rio erano la famiglia più ricca e più orgogliosa della città e non accettavano che la loro unica figlia venisse rimproverata o messa in castigo da chicchessia, nemmeno dalle insegnanti che dovevano educarla. Così Sveva, sapendo di godere della più completa impunità, non perdeva occasione di tormentare le altre bambine, di canzonarle, di rubare la loro merenda dai cestini, di rompere i loro giocattoli, di pizzicarle e di tirare i capelli a quelle che, come Elisa, avevano le trecce.

L'unica che cercava ogni volta di opporsi alla sua prepotenza era Prisca, che però, essendo più magra e più piccola, doveva usare l'astuzia, inventarsi finte e sgambetti, cercare di coglierla di sorpresa. Una volta, non riuscendo a liberarsi dalla sua stretta, aveva morsicato il braccio della nemica, che aveva urlato come se la stessero scannando e Prisca era stata messa in castigo per tutta la mattina.

«Possibile? Così piccolina e così attaccabrighe!» la sgridavano le maestre, che sembravano non accorgersi che era sempre Sveva a cominciare, e che alla fine era sempre Prisca a uscire dalla rissa col colletto di traverso e il fiocco strappato.

Quel giorno dunque Sveva le aspettava con un sorriso maligno sulle labbra, e quando Elisa le passò accanto, controllò che non ci fosse nessun adulto in vista, allungò una mano e le dette uno strattone alla treccia destra.

«Ahi!» gemette Elisa. Prisca sentì la forza del principe che aveva inghiottito gonfiarlesi dentro come un grande fiore che sboccia e che chiede spazio all'aria.

Si parò davanti a Sveva con la spada di ramo sollevata: «Smettila immediatamente!» le ordinò.

Sveva la guardò meravigliata: come si permetteva quello scricciolo di parlarle così? Anche Elisa non riusciva a credere alle proprie orecchie.

«Obbedisci» disse Prisca con uno sguardo feroce. «Altrimenti ti mangio in un boccone.»

Sveva si mise a ridere. Le altre bambine guardavano incuriosite.

«Guarda che ieri mi sono pappata un guerriero con tanto di corona, spada e corazza» disse Prisca.

«Sì, sciolto nel biberon» sghignazzò Sveva e dette un altro strattone alla treccia di Elisa. Allora Prisca le mise una mano sulla spalla, la spinse e – miracolo! – quella prepotente si sollevò per aria come un palloncino leggero leggero, volteggiò annaspando sgomenta con le braccia, seguì la traiettoria che le era stata impressa, attraversò tutto l'atrio della scuola e andò ad atterrare a gambe all'aria vicino alla porta del direttore.

Non si era fatta alcun male, ma era spaventatissima. Però capiva che non avrebbe potuto accusare Prisca di averla fatta volare. Questa volta nessuno le avrebbe creduto, nemmeno i suoi genitori. Così si mise a piangere di stizza e se ne scappò verso la sua classe per farsi proteggere dalla maestra.

Da quel giorno tutti gli altri bambini dell'asilo guardarono Prisca con grande ammirazione e Sveva non solo non le fece più dispetti, ma in sua presenza si comportò sempre bene anche con gli altri compagni, perché aveva capito che dentro quel corpo magro e piccolino c'era la forza di un guerriero grande e coraggioso.

Nonnasì e nonnanò

Questa è una storia di quando Elisa era piccola, tanti anni fa, e come succede per tutte le storie del passato non si può avere la certezza che le cose siano andate proprio così. Ognuno in famiglia racconta i fatti a modo suo e non ci sono due ricordi che combacino perfettamente.

Quella che segue è la versione di Prisca, che essendo l'amica del cuore di Elisa, pretende di essere la meglio informata su tutta la faccenda.

Dunque, bisogna tornare indietro nel tempo a quando Elisa aveva cinque anni.

Elisa, come tutti sanno, viveva con la nonna Mariuccia e con gli zii Leopoldo, Casimiro e Baldassarre perché i suoi genitori erano morti durante un bombardamento proprio una settimana prima della fine della guerra.

Subito dopo la tragedia anche la nonna Lucrezia si era offerta di prendere in casa l'orfanella. Pensava di essere, tra le due nonne, la più adatta perché era la più ricca e aveva una casa più grande. Anzi, aveva una villa con un grande giardino, un'automobile con l'autista, due cameriere, un giardiniere e una cuoca. E un marito, il nonno Anastasio, che le obbediva a bacchetta.

La nonna Mariuccia invece era vedova e viveva con i tre figli in un appartamento che oltretutto era stato danneggiato dalle bombe. Ma i genitori di Elisa, prima di morire, avevano affidato la loro bambina, perché andasse in campagna con gli altri sfollati, proprio alla nonna Mariuccia, che per questo motivo voleva tenersela. Le due famiglie litigarono per sei mesi, finché il nonno Anastasio e lo zio Leopoldo non decisero di giocarsi la nipotina ai dadi. Vinse lo zio Leopoldo ed Elisa restò con la famiglia paterna. Una vera fortuna perché la nonna Lucrezia era proprio una rompiscatole, sempre a comandare gli altri e a criticare tutto, mentre la nonna Mariuccia era una vecchietta dolcissima che non sapeva dire di no a nessuno.

Se Elisa non era cresciuta come una selvaggia, il merito era degli zii, in particolare dello zio Leopoldo, ch'era il gemello del suo povero papà e, da quando la bambina era rimasta orfana, anche il suo tutore.

Un giorno, quando appunto Elisa aveva cinque anni, in casa Maffei arrivò dal Sindaco l'ordine di sgomberare l'appartamento per sei mesi. Il Comune aveva deciso di far riparare le case danneggiate dalle bombe ed era necessario che, durante i lavori, gli abitanti si trovassero un'altra sistemazione. Molte famiglie di amici offrirono ospitalità ai Maffei per quel periodo di esilio e all'inizio sembrava che la scelta dovesse cadere, com'era logico, sulla casa dell'avvocato Puntoni, che non solo era il padre di Prisca, l'amica del cuore di Elisa, ma lui stesso era l'amico del cuore dello zio Leopoldo, che conosceva fin dai tempi del liceo.

Ma qualche giorno dopo anche i Puntoni ricevettero l'ordine di sgombero e dovettero andarsene nella casa di campagna di Capovento, dove non c'era posto per una seconda famiglia. Così Elisa dovette rassegnarsi a stare per due mesi lontana non solo dalla sua casa ma anche dalla sua amica.

Anche la nonna Lucrezia, la cui villa non aveva subito nessun danno dai bombardamenti, aveva fatto sapere che le sue stanze degli ospiti erano a disposizione dei Maffei.

I tre zii di Elisa a quel punto dissero che loro non avevano preferenze e che la decisione toccava alla nonna Mariuccia. E la nonna Mariuccia, senza esitare, fra tutte le offerte scelse quella della sua antica bambinaia, la Tata Isolina.

«Con lei sono in confidenza» spiegò a Elisa. «Se penso a quante volte mi ha lavato il popò e mi ha cambiato i pannolini quand'ero piccola!»

Prisca trovava molto strano che una donna vecchia come la nonna Mariuccia avesse ancora la bambinaia. Ma tant'è: la nonna di Elisa aveva sessantacinque anni e la Tata ottantadue. Aveva cominciato a fare la bambinaia a sedici anni, e dopo la nonna Mariuccia aveva allevato anche i suoi

quattro figli (i tre zii e il papà di Elisa). Con grandissimo dispiacere vent'anni prima aveva lasciato casa Maffei per andarsene in pensione. La sua casa era proprio di fronte alla villa della nonna Lucrezia e la Tata ci viveva con una parente ammalata. Ora questa parente era morta, e nell'appartamento c'era una camera da letto libera.

«Ci metteremo i ragazzi» stabilì la Tata, che si era fatta prestare dai vicini tre brandine per gli zii. A Elisa sembrava buffo che quei tre omaccioni con tanto di barba e baffi dormissero uno vicino all'altro, tutti in fila come i sette nani. Lei e la nonna avrebbero dormito insieme alla Tata.

«Che accampamento!» esclamò la nonna Lucrezia quando lo venne a sapere, offesa che la consuocera non avesse accettato il suo, di invito. Con tante stanze libere che c'erano alla villa! Cosa avrebbe detto la gente? «Almeno tu, Elisa, devi assolutamente venire a stare qui da noi.»

Ma Elisa non voleva. «Qui da te ci sono tante cose belle» spiegò. «Ma tu non mi lasci toccare niente. Non mi lasci fare niente. Questo è pericoloso, quello è antigienico, non fare rumore, attenta che si rompe. Una bambina ammodo non fischia... non sai dire altro che no.»

«Per forza!» rispose la nonna Lucrezia. «Se ti voglio educare... Anche quella pappamolla di Mariuccia una volta o l'altra dovrà dirti qualche no.»

«Figurati! Non me lo dirà mai.»

«Scommettiamo?»

Scommisero che se Elisa perdeva sarebbe andata a stare per almeno tre mesi alla villa. Ma Elisa era sicura di vincere.

Così mise in una valigia i suoi vestiti e i suoi giocattoli e si trasferì con la nonna Mariuccia e con gli zii in casa della Tata.

Non bisogna pensare che, poiché aveva più di ottant'anni, Tata Isolina fosse una fragile vecchiet-

ta. Al contrario. Era un donnone alto e grosso in modo inverosimile. Anche la voce l'aveva grossa e, come Elisa avrebbe presto scoperto, si strappava i baffi di nascosto con la pinzetta delle sopracciglia. Naturalmente Elisa la conosceva da sempre. Era andata a trovarla tante volte, era stata a passeggio con lei e in famiglia l'avevano avuta tante volte ospite per cena. Ma una cosa è intrattenere cordiali rapporti con una persona, altra è viverci insieme.

Oltretutto, nonostante gli anni trascorsi da quando era in pensione, Tata Isolina si sentiva ancora una bambinaia, e come tale responsabile della salute e dell'educazione di ogni bambino che le vivesse accanto.

Perciò cominciò subito a protestare quando, a cena, lo zio Casimiro fece bere a Elisa un sorso di vino bianco. «Sei matto!» esclamò. «Ringrazia che sei seduto all'altro capo del tavolo, altrimenti ti saresti beccato un ceffone!»

«Era solo per festeggiare la tua ospitalità» si scusò lo zio Casimiro.

«E tu, Mariuccia, gli lasci fare queste pazzie?» incalzò la Tata. «Non lo sai che l'alcol i bambini non lo devono neppure annusare da lontano?»

Aveva ragione. Elisa già si sentiva girare la testa. E forse fu proprio la sbronza a spingerla a comportarsi come poi si comportò, a cominciare la sfida che avrebbe messo alla prova la pazienza della nonna Mariuccia e a lei avrebbe fatto perdere la scommessa.

Quando fu il momento di coricarsi, i tre zii si ritirarono nella loro camera. Anche Tata Isolina si alzò a fatica dalla tavola.

«Su, Elisa, a nanna! È tardi» disse con piglio autoritario.

«Voglio che mi metta a letto la nonna!» frignò Elisa. Di solito non si comportava così, ma quel vino bianco la faceva sentire strana, le impastava la lingua e la faceva parlare come una bambinetta. La nonna non disse niente.

«Mariuccia, mettiamo subito in chiaro una cosa»

sbuffò la Tata. «Da chi prende ordini questa bambina? Da te o da me?»

«Elisa è una brava bambina» disse la nonna. «Non ha bisogno di ordini da parte di nessuno. Lo sa da sola quello che deve fare.»

«Va bene. Allora io non mi immischio» disse la Tata un po' offesa. «Non dirò più una parola a questo proposito. Buona notte.» E si avviò verso la stanza da bagno.

La nonna prese in braccio Elisa che crollava dal sonno e la portò in camera. C'erano due letti grandi: quello della Tata e quello della nonna, che gli zii avevano trasportato su un carretto dalla vecchia casa. Per Elisa la Tata aveva fatto portar su dalla cantina un lettino a sbarre dipinto di verde pallido. Un letto da bambino piccolo. Quando Elisa lo vide si sentì offesa a morte, perché a cinque anni una non ha più bisogno delle sponde per non cadere dal letto, e dichiarò in tono di sfida: «Io lì non ci dormo.»

«Va bene, tesoro» disse la nonna. «Vuoi dormire con me nel lettone? Oppure vuoi andare sul divano del soggiorno?»

«No.»

«Possiamo chiedere a uno degli zii che ci dorma lui sul divano e tu andrai nel suo letto nella camera dei ragazzi.»

«Non voglio andare là. Dormirò qui, ma per terra» annunciò Elisa.

La nonna non fece una piega. «Sul materasso o direttamente sul pavimento?» chiese, come se fosse la cosa più normale del mondo.

«Metti il lenzuolo sulle mattonelle» ordinò Elisa.

La nonna obbedì e la bambina si stese per terra. A quel punto entrò nella camera Tata Isolina, immensa nella camiciona di tela bianca. Non le degnò di uno sguardo e, aiutandosi con uno sgabello, si arrampicò sul letto, che sotto il suo peso ondeggiò come una nave e cigolò come un cancello arrugginito.

Elisa da terra lo guardava affascinata. Era un letto speciale, più alto e più grande di qualsiasi altro letto che avesse mai visto. Nero, con decorazioni di ottone lucidissimo a forma di angioletti e di ghirlande di fiori e frutta. Tata Isolina se lo era fatto costruire cinquant'anni prima da un bravissimo artigiano del ferro battuto, spendendoci tutti i suoi risparmi, e se lo era portato dietro in tutti i traslochi della famiglia Maffei. Quando aveva cominciato a diventare grassa e pesante aveva pregato Baldassarre, ch'era ingegnere e abilissimo nei lavori manuali, di rinforzarglielo con delle sbarre d'acciaio nascoste sotto la rete imbullonata. Quando era andata in pensione naturalmente se lo era portato nella nuova casa.

Se lo sarebbe portato anche nella tomba, dichiarava, se non fosse stato un po' troppo ingombrante. Al suo fianco il lettone matrimoniale della nonna Mariuccia sembrava un giocattolo.

Una volta a letto, Tata Isolina, nonostante il caldo, si tirò le lenzuola fin sulla testa e cominciò immediatamente a russare.

La nonna chiese a Elisa: «Sei sicura di stare comoda?»

Ma la bambina dormiva già.

Nel cuore della notte però si svegliò con le ossa tutte indolenzite perché il pavimento era duro. Ma non la sfiorò il pensiero di andarsi a coricare nel lettino. Semplicemente trascinò per terra il materasso e ci si stese sopra.

«Hai fatto bene» disse la nonna Mariuccia il mattino dopo.

Tata Isolina non fece commenti. Scavalcò Elisa con sorprendente agilità e se ne andò in bagno a lavarsi prima che si svegliassero i tre "ragazzi".

«Cosa ne facciamo del lettino verde?» chiese la nonna.

«Fallo riportare in cantina. Ho deciso che d'ora in poi dormirò sempre per terra.»

«Mi sembra un'ottima idea. Così non rischi di cadere, e nella camera ci sarà più spazio» approvò la nonna. «Cosa vuoi mangiare per colazione, tesoro?»

Quando si fu lavata e vestita Elisa si guardò attorno in cerca di qualcosa da fare.

L'appartamento era davvero piccolo. La Tata sbucciava patate in cucina e la nonna stirava nel soggiorno, con la radio a tutto volume che trasmetteva musica lirica. Anche la nonna cantava con trasporto: «Che gelida manina! Se la lasci riscaldar.»

Tra il ferro da stiro e il fatto ch'era luglio, c'era un caldo tremendo. In giornate come quelle la nonna Lucrezia teneva tutte le persiane della villa accostate e nella penombra ci si illudeva di stare al fresco. Il nonno Anastasio andava a leggere il giornale in giardino, seduto sotto le piante d'alloro, vicino alla vasca dei pesci rossi, dove tirava un filo d'aria.

In casa della Tata Isolina l'unico posto dove rifugiarsi era la camera da letto.

La Tata aveva già fatto le pulizie. Le imposte erano accostate. Nella penombra il grande letto della padrona di casa troneggiava ricoperto da una rigida sopracoperta di picchè bianco senza una grinza che scendeva fino a terra. Elisa si mise a quattro zampe e ci andò sotto.

Quando i suoi occhi si furono abituati al buio, vide con meraviglia che era come stare dentro a una capanna, abbastanza alta per starci seduta con la testa ben dritta, e abbastanza spaziosa per metterci dei mobili.

Elisa andò subito a prendere il materasso sul quale aveva dormito la notte e lo sistemò in un angolo contro il muro. Restava ancora abbastanza spazio per la valigia dei giocattoli che era rigida e, quando era chiusa, poteva essere usata come un tavolino. Per un cuscino che serviva da sedile. Per la lampada da notte tolta dal comodino della nonna.

Soddisfatta, Elisa prese carta e pastelli, si stese bocconi sul pavimento e disegnò per tutta la mattina. Disegnò Prisca che a Capovento andava a cavallo di un asinello, e poi il fratello di Prisca, Gabriele, che con un bastone inseguiva un gregge di pecore per farle correre. Ma non era molto soddisfatta perché l'asino del disegno sembrava una pecora e le pecore dei conigli.

Verso mezzogiorno la nonna venne a chiamarla. «C'è la signora Lucrezia al telefono per te. Ma dove ti sei nascosta?»

«Adesso io abito qui» la informò Elisa, uscendo carponi da sotto la sopracoperta di picchè.

All'una tornarono gli zii dal lavoro. La nonna venne a chiamare Elisa.

«È in tavola. La Tata ha fatto gli gnocchi alla salvia. Svelta, prima che si raffreddino!»

Elisa mise la testa fuori dalla coperta. «Io mangio qui.»

Pochi minuti dopo un piatto colmo di gnocchi fumanti fu spinto sotto la sopracoperta insieme alle posate, al bicchiere e al tovagliolo. Elisa apparecchiò sopra la valigia e mangiò tutta soddisfatta.

«Adesso arriva il dolce!» annunciò poi la nonna spingendo sotto al letto una fetta di budino al cioccolato. (Naturalmente su un piattino. Le nonne non poggiano mai la roba da mangiare per terra.)

Elisa aveva appena sparecchiato che vide apparire un paio di scarpe da uomo nella striscia tra l'orlo della sopracoperta e il pavimento. Sentì tossicchiare. «Questa casa non ha il campanello» disse con disappunto la voce dello zio Casimiro.

«Elisa! Siamo venuti a farti una visita. Possiamo entrare?» gridò la voce dello zio Leopoldo, e un secondo paio di scarpe si affacciò tra le frange della coperta.

«Avanti!» invitò Elisa sollevando un lembo della parete di stoffa. Gli zii si misero carponi e guardarono sotto il letto.

Era evidente che non potevano entrarci tutti e tre. Non c'era abbastanza spazio e sarebbero rimasti incastrati. Né Elisa voleva fare favoritismi lasciandone fuori uno o due.

Perciò uscì a quattro zampe, prese lo scendiletto della nonna e lo mise di fianco alla sua nuova casa, ma all'esterno, e disse: «Questa è la veranda. Gli ospiti li ricevo qui.»

Gli ospiti sedettero sulla veranda stringendosi fianco a fianco. Leopoldo, con fare cerimonioso, consegnò a Elisa un borsellino pieno di monete. «Dovrai pagare l'affitto a Tata Isolina. Accetta questo piccolo contributo.»

Elisa tutta contenta lo ringraziò per i soldi e per il suggerimento. A lei l'idea dell'affitto non sareb-

be mai venuta in mente, ma le piaceva moltissimo.

Subito dopo Baldassarre propose: «Ti farò qualche lavoretto di rifinitura.»

Prese un cartoncino, ci scrisse:

Casa di Elisa

e lo fissò con due spilli nel punto dove la sopracoperta veniva sollevata per entrare e uscire. «Questa è la porta e questa è la targhetta.»

«Manca il campanello» gli ricordò Casimiro.

«Presto fatto!» disse Baldassarre. Andò a prendere un cucchiaino d'argento del servizio buono della Tata e lo legò a una cordicella, che fece passare attorno a un ricciolo di ferro della testata. Tirando la cordicella, il cucchiaio dondolava e sbatteva contro una gamba del letto con un suono limpidissimo. *Dlìn dlìn dlìn!*

«Perfetto!» sospirò Elisa beata.

Ma Leopoldo si dette una manata sulla fronte calva. «Come farai stanotte quando per coricarsi Tata Isolina toglierà la sopracoperta? Resterai senza muri, esposta al vento, alla pioggia e a tutte le intemperie.»

Elisa rimase di sasso. Alla possibilità di questa catastrofe non aveva mai pensato. Ma lo zio Baldassarre era pieno di risorse.

«Basta che mettiamo la *sopra*coperta *sotto* al materasso, direttamente sulla rete. Così la Tata non avrà più bisogno di toglierla per infilarsi tra le lenzuola.»

«In questo caso bisognerebbe chiamarla *sottocoperta*» disse lo zio Leopoldo.

«Neanche per sogno!» protestò lo zio Casimiro. «Sottocoperta è un termine marinaresco e vuol dire tutt'altra cosa.»

«Hai ragione» disse lo zio Baldassarre. «Vuol dire che la chiameremo sopracopertachestasotto, d'accordo Elisa?»

Nel frattempo erano arrivate le tre. Gli zii dovevano tornare al lavoro.

«Ciao, bella, divertiti!» disse Leopoldo.

«Ci vediamo stasera!» disse Casimiro.

«Guardati attorno, se c'è qualche altro lavoretto da fare» disse Baldassarre.

Elisa era felice. Felice della nuova sistemazione. Felice di essere rimasta con la nonna Mariuccia e con gli zii. In casa della nonna Lucrezia non c'era nessuno altrettanto simpatico e ingegnoso. E poi era certa che non le avrebbero permesso di spostare il materasso grande e di metterci sotto una sopracoperta che per il suo stesso nome era destinata a stare sopra.

Mise in ordine la veranda, si accorse che le mancava uno scaffale e rimediò con una scatola per scarpe, poi si stese sul materasso e fece un pisolino. Alle cinque sbucò da sotto la nuova casa, andò dalla nonna e le disse: «Non è l'ora del cimitero?»

Tutti i pomeriggi, d'estate e d'inverno, la nonna Mariuccia andava al cimitero a trovare i suoi morti, tra i quali i genitori di Elisa avevano il posto più importante. Ogni tanto portava con sé anche la nipotina.

Quella volta dunque uscirono insieme, presero una carrozzella nel posteggio all'angolo e fecero la solita passeggiata, perché il cimitero si trovava in una bellissima posizione, tra orti e giardini, un po' fuori dalla città. E come sempre la nonna Mariuccia, che soffriva il mal di mare su qualsiasi mezzo di trasporto, fece fermare la carrozzella e vomitò sia all'andata che al ritorno.

Quando rincasarono era già l'ora di cena.

«Bagnetto, pappa e a nanna!» disse Tata Isolina accogliendole sulla porta. Ma subito ricordò quello che aveva promesso e si morse la lingua. «Dico per te, Mariuccia» si corresse. «So bene che la bambina sa da sola quello che deve fare e non prende ordini da me.»

Quella sera Elisa aveva voglia di stare in compagnia, così cenò a tavola con la famiglia. Approfittando che lo zio Leopoldo non c'era, mangiò peperoni arrosto e patate fritte, cipolline sottaceto, salame piccante e cioccolato Gianduia. Mai e poi mai in casa della nonna Lucrezia le avrebbero permesso di combinarsi un simile menù. Neppure Tata Isolina avrebbe mai concesso un cibo così indigesto ai "suoi bambini", ma non disse niente perché, come abbiamo visto, aveva rinunciato a ogni giurisdizione su Elisa.

Quando arrivò l'ora di andare a letto però la Tata non riuscì a trattenersi. «Dove ha intenzione di dormire stanotte questa bambina?» chiese rivolgendosi alla nonna Mariuccia, la quale non disse niente, ma lanciò a Elisa uno sguardo interrogativo.

«Nella mia casa» rispose Elisa.

«Cioè sotto il mio letto!» sbuffò la Tata. «Scusatemi, ho promesso che non mi sarei immischiata, ma questo fatto riguarda anche me. Io là sotto non ce la voglio. Il letto è mio.»

«Lo so. Lo so. Io sono solo un'inquilina. Eccoti l'affitto» cercò di placarla Elisa porgendole il portamonete.

«Non è questo il problema. È che non potrei dormire tranquilla pensando che c'è qualcuno sotto di me e che, se il letto cede, potrei schiacciarlo.»

«Se il letto cede! L'ho rinforzato con sbarre di acciaio solidissimo e con bulloni di prima qualità» sbottò lo zio Baldassarre offeso. «Non cederà mai.»

La nonna guardò Elisa, per la prima volta un po' preoccupata.

«Non vorresti traslocare sotto il mio, di letto? Io sono più leggera della Tata.»

«Nemmeno per sogno» protestò Elisa. «Ora che mi sono sistemata così bene.»

La nonna sospirò: «Come vuoi tu, tesoro.»

«Dopo non venite a dirmi che non vi avevo avvertito!» bofonchiò minacciosa la Tata Isolina alzandosi da tavola e dirigendosi verso il bagno.

Elisa e la nonna Mariuccia non dissero una sola

parola sull'argomento. Si dettero la buona notte, si coricarono e si addormentarono immediatamente. Per via del caldo Elisa aveva sollevato le due "pareti" laterali della sua casa.

Quando Tata Isolina entrò nella camera e si arrampicò sul letto, tutta la casa di Elisa ondeggiò e cigolò, ma la bambina non se ne accorse. Stava sognando di volare con Prisca dentro la vasca da bagno sui tetti della città, tutte e due vestite da fantasma.

La Tata invece era irrequieta e non riusciva a prendere sonno. "Povera orfanella!" pensava. "Se la schiacciassi, non me lo potrei mai perdonare." Cercava di rassicurarsi dicendosi che in tanti anni il letto non aveva mai ceduto, che i rinforzi messi da Baldassarre erano indistruttibili... Però non osava neppure muovere un dito ed era terrorizzata all'idea di addormentarsi, perché con quel gran caldo avrebbe avuto certamente un sonno agitato.

Finalmente prese una decisione, una decisione eroica se si considera quanto era affezionata al suo letto. Si alzò in punta di piedi, si avvicinò alla nonna Mariuccia che dormiva profondamente, la sollevò tra le braccia senza nessuno sforzo (non era stata forse la sua bambinaia?) e la trasferì sul proprio letto senza che quella si accorgesse di niente. "Ecco fatto! Pesa come un uccellino. Sotto di lei

Elisa è certamente al sicuro. Quanto a me, speriamo che il letto di Mariuccia mi regga."

Qualcuno dei lettori a questo punto si sarà già chiesto come mai la Tata non aveva spostato Elisa invece della nonna. C'era più di un motivo per questa scelta. Primo fra tutti il fatto che, da esperta bambinaia, Tata Isolina sapeva che ai bambini non bisogna mai fare niente di nascosto. Si possono dare ordini e divieti, si possono anche allungare scappellotti e sculacciate (il meno possibile), ma non si può dire: «Va bene così» e poi di nascosto fare il contrario. Visto che il grande ha la pretesa di insegnare al piccolo come ci si comporta, in questo modo gli insegna a comportarsi da bugiardo e prima o poi finisce per pagarne le spese.

Con la nonna Mariuccia, che aveva più di sessant'anni, la Tata l'indomani mattina si sarebbe potuta spiegare, ma cosa avrebbe pensato Elisa svegliandosi e scoprendo di essere stata imbrogliata?

Tata Isolina si arrampicò dunque sul letto della nonna, si sistemò alla bell'e meglio sul materasso, che per lei era corto e stretto, e si addormentò.

Passarono alcune ore. Nella camera c'era un grande silenzio, a parte il russare della Tata e il respiro leggero delle altre due dormienti. Poi, piano piano, nel buio si levò uno scricchiolio. Prima leggero leggero, come lo sgranocchiare di un tarlo, poi sempre più forte come l'ansimare di un drago dai polmoni di ferro. La nonna Mariuccia si svegliò di soprassalto. Sentì che il cigolio veniva dall'altro letto e, non sapendo di essere stata trasferita, le si gelò il sangue nelle vene. Elisa era al sicuro sotto di lei, ma lei la credeva di là, sotto la mole immensa e pericolante della Tata. Non fece in tempo a buttarsi giù dal letto che lo scricchiolio esplose in uno schianto e il pavimento della casa tremò sotto un fragoroso diluvio di ferraglie. Nella mente della nonna Mariuccia passò come un lampo l'immagine di Elisa spiaccicata, ridotta a una lunga sagoma piatta e sottile come una sfoglia di pasta per i ravioli.

Elisa, che stava ancora sognando di volare con Prisca nella vasca da bagno, fu svegliata da un urlo disumano.

«No!» gridava fuori di sé la nonna Mariuccia.

«NO, Elisa! NOOOOOOO!»

Nel buio – *deng! tin! bang! dleng!* – cadevano a terra gli ultimi pezzi in cui si era disintegrato il letto della nonna. E, mescolato a questi suoni metallici, un gemito: «Ohi, ohiohiohiohiohiohiohiohiiii! Ohi, la mia povera schiena!»

«Cos'è successo?» chiese Elisa piena di meravi-

glia, venendo fuori a quattro zampe da sotto l'altro letto e accendendo la luce.

Nel vederla sana e salva la nonna dette un urlo di gioia, poi corse a vedere se la Tata si era fatta male. Per fortuna lo strato di lardo che le ricopriva la schiena e il sedere aveva protetto la vecchia che non si era fatta nulla e che si rialzò scrollandosi di dosso i rottami del letto ed esclamando con disprezzo: «Era proprio un trabiccolo! Per fortuna che sotto non c'era nessuno.»

Elisa si dichiarò d'accordo e promise che d'ora in poi avrebbe sempre dormito *sopra* e non *sotto* il letto.

Però intanto la nonna Mariuccia aveva detto NO, e non un NO semplice. Aveva detto: «No, Elisa! No!»

L'indomani Elisa, ch'era una bambina onesta e rispettava i patti, con le lacrime agli occhi fece la valigia, attraversò la strada e andò a suonare il campanello della nonna Lucrezia (che, non dimentichiamolo, stava proprio di fronte).

La nonna Mariuccia la guardava dalla finestra piangendo a dirotto e singhiozzando: «No, Elisa. No.»

Però non aveva fatto niente per trattenerla, perché anche lei era del parere che le promesse vanno mantenute.

Quando la nonna Lucrezia ebbe ascoltato tutta la storia chiese alla nipote (anche se lo sapeva benissimo): «Ma tu, ora che hai provato a stare dalla Tata, dove preferisci abitare?»

«Di là» disse la bambina singhiozzando e accennando col mento alla finestra dirimpetto.

«E allora tornaci. Non aprirla neppure, quella valigia.»

«Ma ho perduto la scommessa...»

«Ne sono ben contenta. Era ora che quella pappamolla di Mariuccia imparasse una buona volta a dire di no. Mi basta questa, di vittoria.»

Sapete come andò a finire tutta la faccenda? Baldassarre riparò alla perfezione il letto sfondato. La Tata riportò su dalla cantina il lettino verde pallido con le sponde ed Elisa si rassegnò a dormirci, anche se era un po' corto e la costringeva a stare rannicchiata. Non solo. La nonna Mariuccia, piena di rimorsi per il pericolo che, con la sua indulgenza, aveva fatto correre alla nipotina, autorizzò la Tata a occuparsi d'ora in poi dell'educazione di Elisa. Insieme a lei stessa e agli zii, naturalmente.

E quando finalmente i muratori terminarono di riparare il loro appartamento e l'esilio della famiglia Maffei ebbe termine, gli zii invitarono la Tata a lasciare la sua casa dove ormai era rimasta sola e a tornare a stare con loro come una volta. E la Tata accettò.

La sua presenza rassicurò definitivamente la nonna Lucrezia, che non chiese più alla nipote di andare a stare con lei alla villa, ma le regalò la chiave che apriva il cancello del giardino, perché ci potesse andare a giocare con Prisca tutte le volte che voleva.

Gli uomini preistorici erano analfabeti

Il Museo Archeologico fu inaugurato una domenica mattina con una grande festa cui parteciparono tutte le autorità di Lossai e le famiglie più importanti della città.

Fra queste i Puntoni e i Maffei. «Portiamo anche i bambini» aveva proposto lo zio Baldassarre. «Sono certo che le statue romane, i bronzetti nuragici e le vetrine con le punte di freccia gli piaceranno moltissimo. Quest'anno a scuola state studiando gli uomini primitivi, vero Elisa?»

«Purché Prisca si comporti bene e non ci faccia fare qualche figuraccia...» aveva sospirato la signora Puntoni. Di solito la figlia in quelle occasioni si sporcava il vestito bello, si metteva a correre e a fare scivoloni nei corridoi, coinvolgeva gli altri bambini nelle sue monellerie, oppure faceva domande indiscrete alle persone importanti...

Invece quella volta Prisca meravigliò tutta la famiglia restando accanto ai genitori silenziosa e composta e salutando gli adulti con un piccolo inchino come le aveva insegnato la nonna Teresa. Quando Sveva Lopez del Rio, che si trovava anche lei nel salone insieme ai genitori – e aveva un abito di pizzo rosa tutto fiocchi, arricciature e fiori artificiali – le mostrò la lingua e storse gli occhi per provocarla, fece finta di non vedere. E quando il direttore del Museo, il professor Frau, guidò gli ospiti a fare un giro delle sale e ad ammirare le lapidi, le statue e le tombe romane nel giardino – le tombe sembravano grandi vasche da bagno di

pietra scolpita – Prisca ascoltò le sue spiegazioni con grandissima attenzione e gli fece due o tre domande che le meritarono un: «Brava! Da grande dovresti studiare archeologia.»

Prisca veramente da grande voleva fare il pirata, come Sandokan, l'eroe preferito dello zio Casimiro, che, fin da quando lei ed Elisa erano piccolissime, raccontava loro tutti i giorni qualche avventura dei pirati della Malesia. Ma pensò che non era gentile dirlo al professor Frau, visto che lui stesso era un archeologo. E poi quelle asce di

pietra, quei pugnali di vetro vulcanico, quei gioielli di conchiglie, le piacevano davvero. Erano interessanti e misteriosi. Pensare che a farli erano stati gli uomini antichissimi che avevano vissuto in Sardegna migliaia e migliaia di anni fa, le faceva sentire un piccolo brivido lungo la spina dorsale.

Quello stesso brivido che le dava, quando percorreva in macchina col padre una strada di campagna piena di curve, l'apparire improvviso di un nuraghe solitario in mezzo ai cespugli di mirto e agli asfodeli. Sapeva che sull'isola ce n'erano più di settemila, settemila torri di pietra grigia, antichissime e misteriose. Molti degli oggetti esposti nel Museo erano stati trovati scavando al loro interno: spille, braccialetti, recipienti di terracotta per fare lo yogurt, statuette di bronzo a forma di nave o di guerriero... C'erano persino degli scheletri che erano stati trovati nelle loro tombe con un corredo di gioielli, di pentolini per farsi la minestra nell'aldilà e di lucerne perché non avessero paura del buio.

«Puoi tornare a guardarteli con calma tutte le volte che ne hai voglia» le disse il professor Frau, lusingato da tanto interesse. «Se non sbaglio voi Puntoni abitate qui vicino. Guarda che in questo Museo non si paga il biglietto per entrare. Basta firmare il registro all'ingresso.»

«Pensa, Ines, ci possiamo andare anche tutti i giorni. È gratis!» raccontò entusiasta Prisca alla bambinaia appena tornata a casa.

Da quando era nato Filippo, cioè da tre mesi e mezzo, Ines usciva tutti i pomeriggi con la carrozzina per far fare al terzogenito di casa Puntoni la sua passeggiatina igienica lungo il Corso cittadino. Se aveva già finito i compiti, Prisca andava con loro e spesso anche Elisa si univa alla compagnia. L'itinerario era sempre lo stesso, perché, sebbene fosse in città ormai da quasi tre anni, Ines non osava avventurarsi in quartieri che non conosceva, e i Giardini Pubblici per lei erano troppo lontani.

«Mamma, invece di andare fino a Piazza Garibaldi, possiamo fermarci ai giardini del Museo?» chiese Prisca. «Non si paga niente per entrare.»

«Ma sì!» concesse la madre. «Per il pupo è meglio passeggiare sotto gli alberi piuttosto che su un marciapiede lastricato. Basta che tu ed Elisa non facciate troppo chiasso e non vi facciate mandar via dal custode.»

Ma Prisca non aveva intenzione di fermarsi a giocare nel giardino. Voleva entrare con Elisa nelle sale per guardare ben bene le punte di freccia di ossidiana, le monete romane e gli scheletri degli uomini primitivi.

«Tu resta qui con Filippo» disse alla bambinaia, indicandole una panchina di pietra sotto un albero. «Noi firmiamo il registro ed entriamo.»

«Anche la signorina deve firmare» disse però il custode. «Nel giardino ci sono le statue, le lapidi e le tombe romane. Fa parte del Museo, anche se è all'aperto.» E si avvicinò a Ines col registro in mano.

La bambinaia arrossì e si alzò di scatto, come se si fosse improvvisamente accorta di un pericolo. «Andiamocene, bambine!» disse agitata.

«Ma perché?» protestò Elisa.

«Cosa succede, bellezza? Su, firmi. Non la mangio mica» disse il custode, porgendole la penna con fare galante perché Ines era una ragazza davvero molto carina.

«Andiamocene!» ripeté la bambinaia con gli occhi pieni di lacrime. E Prisca, rendendosi conto di aver messo senza volerlo la povera Ines in una situazione molto imbarazzante, si sentì sommergere dalla vergogna e dal rimorso. Avrebbe dovuto ricordarselo, che la bambinaia era completamente analfabeta, che non sapeva scrivere nemmeno il proprio nome.

Giù al suo paese, che si chiamava Osuni, Ines non era mai andata a scuola, neppure per una settimana. La sua famiglia era così povera che prima ancora che compisse sei anni l'avevano mandata a servizio in una famiglia di gente ricca, proprietari terrieri che abitavano in una grande casa e che avevano già molti altri domestici. Era difficile per Prisca immaginare quali lavori potesse fare una bambina di neppure sei anni.

«Aiutavo in cucina, portavo l'acqua dalla fontana, facevo le commissioni, badavo alle galline del pollaio, spazzavo il cortile» le raccontava Ines. Non era l'unica bambina del paese a non andare a scuola, e non ci trovava niente di strano. «Dovevo aiutare i miei. Mia madre era sempre ammalata, ma andava anche lei a servizio, e mio padre era così vecchio!»

Con i guadagni della moglie e della figlia il padre di Ines si era comprato una bara, che teneva sotto al letto perché la casa era molto piccola e non avevano né cortile né magazzino. «Così quando

morirò non dovrete fare debiti per il funerale» diceva il vecchio soddisfatto alla moglie. E Ines, quando il giorno del Santo Patrono tornava a casa per aiutare la madre a fare i biscotti, giocava a nascondino con le cuginette usando quella cassa di legno scuro come "tana".

Poi il padre era morto e le bambine avevano dovuto inventarsi un gioco diverso.

Prisca ascoltava questi racconti inorridita e affascinata allo stesso tempo. Ma sul fatto del non saper leggere e scrivere non aveva mai riflettuto molto. Sapeva che tante persone dei paesi dell'interno, intere famiglie di pastori e di contadini, erano analfabete, compresa Antonia, la domestica più anziana di casa Puntoni, anche lei di Osuni. Però, proprio perché il fatto era così diffuso, non aveva mai pensato che Ines se ne vergognasse.

«Sì, andiamocene! Vieni, Elisa» disse anche lei cominciando a spingere la carrozzina verso il cancello. Ma il custode, che aveva mangiato la foglia, trattenne la bambinaia per un braccio. «Non occorre che scriva il nome per intero, bellezza. Basta che faccia una croce qui» le disse gentilmente. «Neppure gli abitanti dei nuraghi sapevano scrivere, eppure quante cose belle hanno saputo fare!»

Avvampando di vergogna Ines obbedì, tracciò una croce sotto le due firme di Prisca e di Elisa, e così poterono restare al Museo per tutto il pomeriggio, lei seduta fuori con la carrozzina tra le tombe e le statue e le bambine a girellare nelle sale.

Le due amiche erano rimaste molto colpite dalle parole del custode. Davanti a quei vasi di ceramica decorati, a quelle collane, a quelle piccole statue di fattura squisita era difficile pensare che gli uomini preistorici non sapessero né leggere né scrivere. Eppure entrambe avevano appena studiato, a scuola, che la preistoria si distingue dalla storia proprio perché gli uomini primitivi non avevano lasciato scritto niente su quello che era successo a loro e ai loro amici e nemici. Gli archeologi preistorici dovevano cercare di ricostruire quegli antichi avvenimenti solo con l'aiuto degli oggetti e degli edifici che il tempo non aveva distrutto.

Chiacchierando davanti alle vetrine delle punte di freccia, le due amiche si trovarono d'accordo sul fatto che quei poveri bambini cavernicoli, che non avevano libri di avventure e neppure di filastrocche, erano proprio sfortunati. Loro, fin dalla seconda elementare, se dopo essere andate a letto non leggevano qualche pagina de *I Misteri della Jungla Nera* o di *Piccole Donne*, non riuscivano a prendere sonno.

«Poverini! Come si fa a vivere senza libri?» esclamò Elisa.

«Sttt! Zitta!» le sussurrò Prisca indicandole la bambinaia seduta fuori nel giardino. Neppure Ines da piccola si era potuta appassionare alle avventure di Sandokan e Yanez, o a quelle di Jo March, e non era una cavernicola.

Sulla strada del ritorno la bambinaia si fermò e guardò le due amiche con grande serietà. «Dovete insegnarmi a leggere e a scrivere» disse. «Così potrò firmare il registro e anche scrivere a mia madre.»

Prisca ed Elisa, che solo due anni prima a scuola avevano imparato l'alfabeto con grande facilità, pensavano che insegnarlo a qualcun altro fosse altrettanto facile. Ma, tanto per cominciare, dovevano trovare il tempo e il luogo per fare lezione. In casa Ines era sempre occupata in cucina o a fare le pulizie. Non aveva un solo minuto libero, e Prisca sapeva che sua madre non sarebbe stata contenta di vederla interrompere il lavoro per mettersi a fare le aste su un quaderno. La domenica Ines usciva con Antonia. Andavano in chiesa e poi a passeggio con le altre domestiche lungo il Corso. Ma Prisca ed Elisa quel giorno di solito andavano in campagna con la nonna Mariuccia e gli zii.

Restava solo il momento della passeggiata pomeridiana, dalle quattro alle cinque e mezzo, quando maestre e allieva potevano starsene indisturbate nel giardino e nelle sale del Museo. Di solito a quell'ora non c'erano altri visitatori e di Filippo si poteva stare tranquille che non avrebbe fatto la spia.

Ines si vergognava del custode, così scelsero come aula scolastica un angolo appartato, nascosto da un albero di limoni e da un gruppo di palme, vicino alla statua di un imperatore senza naso, con la corazza sul petto e una corta gonnellina a pieghe. Per sedersi, c'erano a terra una colonna spezzata e una macina da mulino, e come piano di scrittura potevano usare l'altare della dea africana Bubast dalla testa di gatto.

Prima di uscire Prisca aveva nascosto nella carrozzina di Filippo, sotto la copertina di maglia, un vecchio quaderno dove restava qualche pagina li-

bera e l'astuccio delle matite. Elisa aveva portato il sillabario della prima elementare.

«Io direi di saltare le aste e di passare subito alle lettere dell'alfabeto» propose Elisa. Ines era una ragazza grande, non aveva le manine impacciate delle bambine di prima.

Ma le dita della bambinaia – così abili a rammendare, a ritagliare pizzi di carta di giornale per decorare le mensole della cucina, a stirare le piegoline delle camicie da sera dell'avvocato, a spolverare con precauzione i preziosissimi soprammobili di cristallo del salotto, a lavorare all'uncinetto col filo più sottile – quando stringevano una matita diventavano goffe e rigide, e non riuscivano a tracciare una linea che non fosse uno scarabocchio. La base della statua era rotta e scorticata, ma ci si potevano leggere queste parole:

CONSVL DESIGNATVS

che non erano propriamente scritte, ma incise con uno scalpello sottile sul marmo consumato dal tempo. «Proviamo a farci poggiare sopra un foglio e ricalcare le lettere» propose Elisa.

«Cosa c'è scritto?» chiese Ines diffidente.

«Non lo so» rispose la maestra improvvisata. «Dev'essere latino.»

«Magari sono parolacce. Non voglio imparare a scrivere parole che non conosco» protestò la bambinaia.

«E poi quelle lettere non vanno bene. Sono a stampatello. Prima bisogna imparare a scrivere in corsivo» osservò Prisca.

Un'altra cosa che Ines non riusciva a capire era come mai sui quaderni si dovessero scrivere le let-

tere in un modo diverso da com'erano scritte sui libri. «Così si fa fatica doppia!» sbuffava.

Ci vollero giorni e giorni prima che la ragazza, stringendo la matita fra le dita sudate, riuscisse a scrivere *Oca*, la parola più semplice che Prisca fosse riuscita a immaginare. E intanto ogni giorno Ines doveva affrontare la vergogna di tracciare una nuova croce sul registro dei visitatori. Filippo, che in quel periodo era ancora un vero angioletto, se ne stava zitto zitto sotto le coperte, e se eccezionalmente cominciava a piagnucolare, bastava che una delle maestre facesse dondolare un poco la carrozzina perché tornasse a giocare tranquillo col suo sonaglio d'argento.

Qualche giorno dopo la bambinaia riuscì a scrivere:

Ines Loriga

e l'indomani, tutta orgogliosa, invece della croce poté tracciare sul registro le lettere del suo nome, come tutti gli altri visitatori.

Da quel momento i suoi progressi si fecero più rapidi anche nella lettura. Le frasi proposte dal sillabario, decisero le due giovani maestre, erano troppo sceme per lei, proprio adatte a bambinetti di sei anni.

"Il pulcino esce dall'uovo. È tutto giallo." Cosa poteva importargliene, a Ines, di quella nascita gallinesca? Così Prisca decise di far esercitare l'allieva su qualche libro più interessante, come *La capanna dello zio Tom* o *Piccole donne crescono.*

Per riuscire a scoprire se la povera schiava Eliza sarebbe riuscita ad attraversare il fiume in piena saltando in equilibrio sui lastroni di ghiaccio e a sfuggire ai perfidi inseguitori negrieri, oppure se Meg avrebbe accettato l'offerta di matrimonio del professor Brooke, Ines doveva per forza decifrare rapidamente quella serie di lettere scritte vicine vicine che formavano le parole.

Elisa e Prisca erano orgogliose di lei e soddisfatte del loro lavoro.

Un giorno Ines annunciò che era pronta a scrivere la famosa lettera alla madre. Non aveva i soldi per il francobollo, perché tutto il suo stipendio veniva mandato a Osuni, ma Elisa chiese allo zio Baldassarre se poteva prenderne uno dalla sua scrivania. Non dovette spiegare per cosa le serviva. In casa Maffei c'era l'abitudine di non ficcare il naso negli affari degli altri. E seguendo il buon esempio, né Prisca né Elisa vollero guardare cosa aveva scritto la loro allieva nella sua lettera.

Tre giorni dopo aver imbucato la busta, men-

tre stirava, Ines si batté la mano sulla fronte e si mise a piangere. Si era ricordata improvvisamente che anche la madre era analfabeta e non avrebbe potuto leggere la sua lettera. Tanta fatica per niente!

«Dai, non fare così. Chiediamo allo zio Leopoldo se domenica prossima ci accompagna in macchina al tuo paese» cercava di consolarla Elisa «così gliele puoi dare a voce, a tua mamma, le notizie che le hai scritto.»

«Anzi, gliele leggi. Così le fai vedere che non hai imparato solo a scrivere, ma anche a leggere» aggiungeva Prisca.

Ma a giro di posta arrivò una lettera del parroco di Osuni, che tutti gli abitanti analfabeti del paese usavano come scrivano.

Diceva che la madre della ragazza era gravemente ammalata e che se la figlia voleva vederla ancora viva, era meglio che tornasse immediatamente a casa.

L'avvocato Puntoni l'indomani accompagnò la bambinaia al paese, dove Ines fece appena in tempo a baciare la madre per l'ultima volta e ad accompagnarla al cimitero.

Adesso era rimasta sola al mondo. Tornò a Lossai vestita di nero da capo a piedi, ma subito la signora Puntoni la fece cambiare e le fece rimettere il camice celeste: «Il lutto lo porterai alla domenica, quando andrai in libera uscita» le disse. «Non è igienico occuparsi di un bambino piccolo con degli abiti che non possono andare in bucato.»

Visto che non doveva più spedire tutto lo stipendio di Ines a Osuni, il padre di Prisca le aprì un libretto di risparmio in banca. Ma non ci versava

l'intera somma che le doveva. Ogni mese ne lasciava fuori cinquecento lire e le consegnava alla bambinaia perché le spendesse come preferiva.

All'inizio Ines sprecò quel denaro comprando stupidaggini, liquirizie per Prisca, figurine per Gabriele, e per sé calze di nylon che non le servivano, perché la padrona, quando le sue si rompevano, le faceva rimagliare e gliele regalava. Fino a quando, passando davanti a un'edicola di giornali, Ines scoprì l'esistenza dei fotoromanzi. Le storie, in quelle riviste, non erano raccontate solo con parole, ma anche con fotografie, ed erano tutte storie d'amore. Ines ne rimase affascinata. Era più che mai riconoscente a Elisa e a Prisca che le avevano insegnato a leggere.

Da quel giorno le cinquecento lire furono conservate gelosamente e destinate ogni settimana all'acquisto del nuovo numero di "Grand Hotel".

Animali di ferragosto

Prisca sta andando in bicicletta, in equilibrio su un filo teso dalla finestra della sua classe – che è al terzo piano – al balcone del Municipio, quello con l'asta per la bandiera, mentre tutta la gente per strada la guarda a bocca aperta piena di ammirazione, e lei pedala tranquilla, incurante del pericolo, quando un rumore fortissimo – *driiin!* – la fa sbandare.

Non è stata Prisca a suonare il campanello, chi allora? La sorpresa le fa perdere l'equilibrio, il vuoto le si spalanca di sotto, la risucchia, Prisca precipita, vede le facce della gente farsi più vicine, aiuto!... Per fortuna prima di piombare sulla folla facendone marmellata, la bambina riesce ad allungare un braccio fuori dal letto e a spegnere la sveglia.

Le sei e un quarto, dicono i numeretti luminosi, rossi nella penombra della camera da letto. Dalle fessure delle persiane entrano strisce di luce verde che disegnano sul pavimento una specie di tappeto a righe diagonali. Adesso che la sveglia tace, c'è un grande silenzio nella camera, ma Prisca potrebbe scommettere che Filippo è già sveglio da un pezzo e si ciuccia un dito seduto di là nella culla di vimini: è sempre stato un bambino mattiniero, la sorella lo sa bene perché da quando è nato il piccolo dorme in camera con lei. La mamma all'inizio non era d'accordo su questa sistemazione, voleva mettere la culla del nuovo arrivato di là in camera dei giochi, e fargli dormire accanto Ines sul divano, ma Prisca aveva insistito. Cosa le era nato a fare un nuovo fratellino, se poi non se lo poteva godere?

Veramente più che un fratellino Prisca avrebbe preferito che le comprassero un cane. Di fratello le bastava Gabriele, che aveva due anni più di lei e ogni tanto faceva il prepotente e, con la scusa ch'era più vecchio, pensava di poterla comandare a bacchetta. Un cane invece le avrebbe obbedito. Lei avrebbe ordinato: "Seduto! Dammi la zampa!" e gli avrebbe insegnato tutti i giochi e le acrobazie che sapevano fare i cani ammaestrati di Vitali, l'artista vagabondo del romanzo *Senza famiglia*.

E poi, se fosse andata a vagabondare per vent'anni lontano da casa e al ritorno nessuno l'avesse riconosciuta (ma la sua amica Elisa certo non le avrebbe fatto questo torto) il suo cane le avrebbe fatto le feste, come il vecchio Argo a Ulisse.

Ma la mamma aveva decretato: «In questa casa, niente animali!» E un bel giorno aveva mandato Prisca e Gabriele a dormire dai nonni e al ritorno – sorpresa! – invece del cane gli aveva fatto trovare un neonato avvolto in una copertina azzurra come in un pacco regalo. Un fratellino piccolo non è un cane, aveva pensato Prisca, ma è meglio di niente, così aveva deciso di accontentarsi. Anche perché magari su un cane Gabriele avrebbe avanzato delle pretese, mentre del fratellino era evidente che gli importava molto poco.

Questo era successo l'autunno scorso. Adesso la famiglia è al mare per le vacanze. Non hanno preso in affitto la solita casa di pescatori sull'isola Serpentara: Filippo è troppo piccolo per un clima così forte e uno stile di vita così spartano. Hanno affittato il pianterreno di una villetta a Playamàr, e Prisca divide con Ines e col fratellino una grande stanza fresca dagli alti letti di ferro.

Ines continua a dormire come un sasso. Se invece della sveglia avesse sparato il cannone di mezzogiorno, per lei sarebbe lo stesso. Quando Prisca si avvicina e la chiama sottovoce, la ragazza abbraccia il cuscino e mugola: «Lasciami stare... Che ora è?»

Ines ha diciassette anni e mezzo. È entrata in casa Puntoni quattro anni fa come bambinaia, ma visto che Gabriele e Prisca erano già grandi, all'inizio più che altro faceva la cameriera, agli ordini di Antonia, la domestica più anziana. Però da quando è nato Filippo, la bambinaia deve farla eccome!

Quel diavoletto ha l'argento vivo addosso e non le dà un attimo di respiro. Ines però deve continuare a sbrigare anche tutte le faccende che toccano a una cameriera, per esempio spolverare, stirare gli abiti della signora e dei bambini e le camicie dell'avvocato, servire a tavola, e quando ci sono ospiti si mette il grembiule di pizzo, i guanti bianchi e la crestina in testa.

Al mare ci sono ospiti a cena quasi tutte le sere, perché i signori Puntoni hanno molti amici. Ridono, chiacchierano e bevono vino ghiacciato sotto il portico fino a notte fonda, e quando gli amici se ne vanno e i padroni si ritirano in camera da letto, Ines deve mettere in ordine, svuotare i portacenere e lavare i bicchieri. Così è l'ultima della casa ad andare a dormire.

Però deve alzarsi tutte le mattine alle sei e mezzo per portare Filippo alla spiaggia. L'ha deciso il dottor Zaza, che è un pediatra all'antica. «Un bambino così piccolo non deve assolutamente prendere il sole dopo le nove e mezzo del mattino» ha decretato. «La pelle dei lattanti è troppo sensibile.»

Ma Ines non riuscirebbe a svegliarsi così presto se Prisca non le strappasse via le lenzuola e non la scuotesse tirandole le trecce. E quando si alza, per almeno mezz'ora si muove per la casa trasognata come una sonnambula. Prisca non si fida a lasciarla uscire da sola con il bambino e fin dal primo giorno di vacanza ha deciso di andare con loro alla spiaggia. Tanto, a quel punto non riuscirebbe a riaddormentarsi e ad aspettare il resto della famiglia che si mette in movimento solo verso le dieci.

Anche oggi che è ferragosto Filippo deve essere in spiaggia prima delle sette.

La ragazza e la bambina si vestono zitte zitte, senza aprire le imposte, poi Prisca esce in cortile e ritira il bidoncino del latte che il pastore ha lasciato sul muretto prima dell'alba. È venuto dalla campagna a cavallo subito dopo aver munto le pecore e il latte è ancora tiepido. L'aria invece è fresca, i colori dei gerani, del basilico e del rosmarino sono così nitidi che sembrano appena dipinti. C'è un grande silenzio, solo due uccellini cantano su un ramo del fico.

Prisca porta il latte in cucina e Ines lo mette a bollire sul fornello. Mentre aspettano, cambiano il panno al bambino, lo lavano e gli mettono il pagliaccetto rosso e il cappellino da marinaio di picchè bianco. Fanno colazione, Ines e Prisca nelle grandi tazze azzurre, il pupo col biberon, ed escono in punta di piedi dalla porta sul retro. Sistemano Filippo nel carrozzino, che è parcheggiato in cortile.

Il Lido è di fronte alla casa, in fondo alla strada. In giro c'è pochissima gente. La saracinesca degli alimentari è ancora abbassata. Il giornalaio sta scaricando i giornali dal camioncino. Con la mano fa ciao-ciao a Filippo, che cinguetta come un uccello mattiniero. «Cosa ci sarà da essere tanto allegri?» brontola Ines immusonita.

Anche Prisca però sente il cuore che le batte dalla contentezza. Come ogni mattina Cane è là, che l'aspetta seduto davanti al vaso di petunie. Non ha un altro nome, perché non è di nessuno: è un bastardo grande e peloso, di un bianco giallastro con macchie marrone.

Quando la sera Prisca accompagna Antonia al porto a comprare il pesce per la cena, se lo incontra deve far finta di non conoscerlo. Non solo perché Antonia non faccia la spia con la madre, ma perché secondo l'anziana domestica i bastardi sono sempre pieni di pulci e di zecche e, se hanno annusato la cacca delle pecore, ti possono attaccare una brutta malattia che si chiama "cisti d'echinococco". Così Prisca fa finta di niente e guarda da un'altra parte. Cane non si offende. Sa che il "loro" momento è quello del mattino. A Ines non importa se Prisca gli dà i biscotti che ha portato nascosti nelle tasche del prendisole e se poi si fa leccare le mani. Che Cane è suo amico si capisce perché quan-

do la vede da lontano comincia a scodinzolare, e dopo aver mangiato tutti i biscotti le va dietro anche se sa che lei non ha più niente da dargli.

Cane segue Prisca e Ines all'interno del Lido. A quell'ora non c'è nessuno in biglietteria a controllare le tessere degli abbonamenti. Gli ombrelloni sono ancora chiusi. Il bagnino Spartaco sta pulendo la riva col rastrello.

Non è facile spingere il carrozzino sulla sabbia, ma bene o male la ragazza e la bambina arrivano all'ombrellone dei Puntoni.

Ines lo apre, mette il bambino all'ombra, si getta su una sdraio e comincia a sfogliare il suo fotoromanzo.

Da quando, l'inverno scorso, ha imparato a leggere, non si perde un numero di "Grand Hotel", che esce tutte le settimane. Prisca prende il pallone e va a giocare con Cane.

La spiaggia deserta è bellissima. Tutto è pulito, la sabbia, l'aria, la luce, l'acqua trasparente, tutto sembra lavato di fresco. In cielo i gabbiani si litigano strillando forte. Le ondine sulla riva fanno *sciacqsciacq*. Gabriele, quel dormiglione, non sa cosa si perde ad arrivare alla spiaggia verso le undici.

Cane e la sua amica corrono dietro la palla gridando di felicità. A essere esatti, Prisca grida, Cane abbaia. "Cosa darei per avere il permesso di portarmelo a casa alla fine delle vacanze" pensa la bambina senza nessuna speranza. Il cane le taglia la strada, le viene tra le gambe, la fa inciampare, lei cade, lui la lecca sulla pancia. Prisca si rialza tutta sporca di sabbia, corrono lontano lontano.

Arrivati alla rete devono girare per tornare indietro, ed è allora che, nell'acqua di fronte al loro ombrellone, a circa un metro dalla riva, Prisca vede una cosa strana, una macchia rosso vivo che appare e scompare fra le onde. Guarda sotto l'ombrellone. Il carrozzino è vuoto. Filippo non è in grembo a Ines, che si è appisolata col viso coperto dal fotoromanzo, e neppure seduto sulla sabbia a pasticciare con le formine.

Dov'è? Quella macchia rossa… Il suo pagliaccetto! Prisca si mette a gridare con tutta l'aria che ha nei polmoni, ma Ines non sente. Di sicuro si è addormentata. Il bagnino è una sagoma scura all'altra estremità del Lido. Neppure lui può sentire. Prisca si mette a correre verso la riva, ma è troppo lontana, non arriverà in tempo. Un'angoscia tremenda le martella nel petto. Quanto ci mette un bambino piccolo ad affogare?

Il pagliaccetto rosso scompare sott'acqua.

Prisca corre, e le sembra di non avanzare neppure un centimetro, come in quegli incubi dove ti inseguono gli assassini di Pinocchio.

«Mio fratello.» Prisca corre, e non ha più fiato, deve smettere di gridare. "Anche lui, se è spaventato, se piange, strillando aspira l'acqua nei polmoni." Filippo. Filippo non cammina ancora. Dev'essersi avvicinato alla riva gattonando. E quella scema di Ines che dorme con la faccia nascosta dietro "Grand Hotel". Prisca corre, ma sa che non arriverà in tempo.

Pensa alla madre. Come faranno a dirle che… che… Non osa neppure formulare il pensiero.

Poi sente uno strillo altissimo e vede il pagliaccetto rosso a riva, fuori dall'acqua, all'asciutto, tra le zampe di Cane, che ne tiene un lembo in bocca.

Come se avessero acceso una radio, all'improvviso la spiaggia si riempie di suoni, a volume altissimo. Il pianto rabbioso di Filippo (se grida così forte è vivo, Dio ti ringrazio), la voce del bagnino Spartaco che arriva di corsa. Il pianto isterico di Ines, che stringe il bambino tra le braccia. Prisca non l'ha vista alzarsi né arrivare fino alla riva, come

prima non ha visto Cane che le correva davanti più veloce di un fulmine.

Quando ritorna il silenzio, e Filippo ride in braccio al bagnino Spartaco, che dice con la sua voce profonda da uomo muscoloso: «Non è niente, non è niente. Ha solo bevuto un po'. Bravo ometto. Non si è neppure spaventato» Ines guarda Prisca con uno sguardo supplichevole e le chiede sottovoce: «Lo dirai alla signora?»

La bambina fa di no con la testa. Non è una spia. Sa cosa capiterebbe alla ragazza se sua madre sapesse che si è addormentata invece di sorvegliare il bambino.

Quello che le dispiace è che se lei non racconta come sono andate le cose, nessuno saprà che Cane è un Eroe e non gli daranno la medaglia. Le dispiace che, neppure adesso che il suo amico ha salvato la vita a Filippo, potrà convincere la madre a farlo entrare in casa, e neppure in cortile.

Però, adesso che ha rischiato di perderlo, non è più così sicura che baratterebbe volentieri il fratellino con un cane.

Sulla strada del ritorno incrociano l'avvocato Puntoni e Gabriele che stanno andando a comprare il giornale. A casa, la madre le sta aspettando in cortile con una faccia strana, misteriosa e anche un po' divertita. «Vieni a vedere» dice sottovoce a Prisca, e la precede verso la siepe di mirto camminando in punta di piedi. «Guarda!» sussurra.

Per terra, nascosta fra i rami, c'è una tartaruga grande come la mano distesa di un adulto, che sta mangiando zitta zitta una buccia di anguria.

«È venuta da sola» spiega la madre. «Dev'essere passata sotto i fichi d'India. Lei, non c'è pericolo che si punga» ride.

Prisca si accuccia per guardare l'animaletto da vicino. Allunga timidamente un dito, gli sfiora la testa. La tartaruga non la ritrae, e continua tranquillamente a mangiare.

Un animale che non corre, non abbaia, non morde, non deve fare la passeggiata igienica mattina e sera... Prisca sente un piccolo bruciore allo stomaco, perché sa che sta tradendo Cane, ma non può fare a meno di chiedere: «Se quando torniamo in città non se n'è scappata, me la posso portare a casa, a Lossai?»

«Sì» risponde la mamma. «Una tartaruga sì.»

Prisca osserva i movimenti lenti e dignitosi dell'animale, la sua testa da serpente, gli occhietti neri e lucidi che brillano come schegge di ossidiana, il vetro vulcanico di cui sono fatte le frecce degli uomini primitivi. Tutto, nella tartaruga, fa pensare a tempi antichissimi.

«La chiamerò Dinosaura» decide Prisca. I dinosauri sono gli animali preferiti della sua amica Elisa, che naturalmente, nonostante l'indulgenza estrema della nonna Mariuccia, non potrà mai sperare di tenerne uno in casa. «Gliela presterò tutte le volte che me la chiede.»

Indice

Postfazione

So che dopo aver letto *Ascolta il mio Cuore*, molti lettori hanno scritto all'autrice per protestare: «D'accordo, questo succedeva quando Elisa e Prisca avevano nove anni. Ma dopo? Cosa è successo quando sono cresciute e sono andate alle Scuole Medie?»

Per soddisfare la vostra curiosità l'autrice ha scritto allora *Diana, Cupìdo e il Commendatore*. Ma voi non eravate ancora contenti. Volevate saperne di più. «E prima? E quando erano piccole?» chiedevano le vostre lettere.

Eccovi dunque quattro storie di quando eravamo piccole. Anzi, cinque storie. La prima l'ho voluta scrivere io, sull'ultima agenda che mi ha regalato lo zio Leopoldo.

Elisa mi ha detto che come al solito ho esagerato.

«D'accordo andare indietro nel tempo» mi ha detto «ma addirittura ricordarti di quando eri una bambina preistorica! Se avessi scritto queste cose in un tema, la maestra Sforza ti avrebbe dato due meno meno. Non c'è niente di vero e neppure di scientifico in quello che hai scritto.»

Be', sfido l'arpia a dimostrare il contrario. Mica c'era, lei, quando sono successi quei fatti, e se io me li ricordo così, cosa ci posso fare?

Spero che voi lettori siate meno criticoni. E comunque, se anche voi nutrite dei dubbi su quello che ho raccontato io, vi assicuro che negli altri quattro episodi l'autrice, che, poveretta, non ha la mia fantasia, ha raccontato soltanto la pura e semplice verità.

Un abbraccio affettuoso dalla vostra

Prisca Puntoni

BIANCA PITZORNO

L'AUTRICE

È nata a Sassari nel 1942, ma vive e lavora a Milano. Amatissima dai giovani lettori, dal 1970 a oggi ha pubblicato più di quaranta libri per bambini e per ragazzi, molti dei quali di grande successo. Oggi Bianca Pitzorno è considerata la più importante autrice italiana per l'infanzia, e i suoi romanzi sono tradotti in Francia, Germania, Spagna, Grecia, Polonia, Ungheria, Corea e Giappone. È Goodwill Ambassador dell'Unicef.
Dopo essersi laureata in Archeologia preistorica si è trasferita a Milano per frequentare la Scuola Superiore delle Comunicazioni, dove si è specializzata in cinema e televisione. Per alcuni anni ha lavorato alla RAI, occupandosi di programmi per ragazzi come *Chi sa chi lo sa?* e *Il Dirodorlando*, e in tempi più recenti è stata fra gli autori de *L'albero azzurro*. Al suo primo libro, uscito nel 1970, ne sono seguiti molti altri destinati quasi sempre ai ragazzi, che non mancano di identificarsi con personaggi che l'autrice cerca sempre di rappresentare con una forte dimensione etica. Per i più piccoli ricordiamo: *Giulia Bau e i gatti gelosi*, *Clorofilla dal cielo blu*, *La bambola dell'alchimista*, *La bambola viva*, *La casa sull'albero*, *Una scuola per Lavinia*, *La Voce Segreta*; e per i ragazzi: *Ascolta il mio cuore*, *Diana, Cupìdo e il Commendatore*, *Parlare a vanvera*, *Polissena del Porcello*, *Re Mida ha le orecchie d'asino*, *Quando eravamo piccole*, *Tornatrás*.

EMANUELA BUSSOLATI

L'ILLUSTRATRICE

È nata e vive a Milano. Laureata in architettura, ha collaborato con un centro di psicologia per l'età evolutiva dove ha imparato ad "ascoltare" i bambini e a inventare e disegnare storie con loro. Illustratrice per autori come Pitzorno e Piumini, autrice, progettista, sceneggiatrice e insegnante, ha lavorato per l'editoria e la televisione (*L'albero Azzurro*).

I libri e i progetti editoriali nati dalla sua instancabile creatività hanno vinto premi importanti, fra i quali il premio di Lega Ambiente e più di un premio Andersen - Il mondo dell'infanzia, l'ultimo nel 2009.

Oscar junior

Jorge Amado
Gatto Tigrato
e Miss Rondinella

La palla innamorata

Isaac Asimov
Storie di giovani maghi

Dino Buzzati
Il segreto del Bosco Vecchio

La famosa invasione
degli orsi in Sicilia

Italo Calvino
Il visconte dimezzato

L'Uccel Belverde
e altre fiabe italiane

Il barone rampante

Il cavaliere inesistente

Marcovaldo

La foresta-radice-labirinto

Agatha Christie
Poirot e le pietre preziose

La signora del delitto

Miss Marple alla riscossa

Mauro Corona
Storie del bosco antico

Gerald Durrell
Un viaggio fantastico

Michael Ende
Fiabe e favole

Gabriel García Márquez
La luce è come l'acqua

David Grossman
Il duello

Le avventure di Itamar

Itamar e il cappello magico

La lingua speciale di Uri

Itamar il cacciatore di sogni

Un milione di anni fa

Buonanotte giraffa

Anthony Horowitz
Villa Ghiacciaossa

Oscar junior

SELMA LAGERLÖF

IL VIAGGIO MERAVIGLIOSO DI NILS HOLGERSSON

LIA LEVI

UNA VALLE PIENA DI STELLE

DA QUANDO SONO TORNATA

LA LETTERA B

C.S. LEWIS

LE CRONACHE DI NARNIA

1 - IL NIPOTE DEL MAGO

2 - IL LEONE, LA STREGA E L'ARMADIO

3 - IL CAVALLO E IL RAGAZZO

4 - IL PRINCIPE CASPIAN

5 - IL VIAGGIO DEL VELIERO

6 - LA SEDIA D'ARGENTO

7 - L'ULTIMA BATTAGLIA

VALERIO MASSIMO MANFREDI

IL ROMANZO DI ALESSANDRO

ANDREA MOLESINI

L'AVVENTURA DI ULISSE

DANIELA MORELLI

IL SEGRETO DELLE TRE CARAVELLE

I RAGAZZI DELLE BARRICATE

KATHERINE PATERSON

UN PONTE PER TERABITHIA

BIANCA PITZORNO

CLOROFILLA DAL CIELO BLU

LA BAMBOLA DELL'ALCHIMISTA

PARLARE A VANVERA

LA CASA SULL'ALBERO

ASCOLTA IL MIO CUORE

LA VOCE SEGRETA

POLISSENA DEL PORCELLO

DIANA, CUPÌDO E IL COMMENDATORE

LA BAMBOLA VIVA

RE MIDA HA LE ORECCHIE D'ASINO

SETTE ROBINSON SU UN'ISOLA MATTA

QUANDO ERAVAMO PICCOLE

TORNATRÁS

GIULIA BAU E I GATTI GELOSI

UNA SCUOLA PER LAVINIA

DAME, MERCANTI E CAVALIERI

Oscar junior

ROBERTO PIUMINI

Le avventure del folletto Bambilla

Poesie piccole

GIUSEPPE PONTIGGIA

Cichita la scimmia parlante

ANTONIO SKÁRMETA

Tema in classe

JERRY SPINELLI

Guerre in famiglia

A rapporto dal preside

Quarta elementare

Crash

Tiro al piccione

WILLIAM STEIG

Shrek!

ROBERT SWINDELLS

La stanza 13

E.B. WHITE

La tela di Carlotta